中国好诗歌

南山野草

张昱 著

内蒙古文化出版社

图书在版编目（CIP）数据

南山野草 / 张昆著 . — 呼伦贝尔：内蒙古文化出
版社，2023.4
（中国好诗歌）
ISBN 978-7-5521-2180-3

Ⅰ.①南… Ⅱ.①张… Ⅲ.①诗集—中国—当代
Ⅳ.①I227

中国版本图书馆 CIP 数据核字（2022）第 215638 号

南山野草
NANSHAN YECAO
张昆 著

责任编辑	那顺巴图　李　辉
封面设计	鸿儒文轩·末末美书

出版发行	内蒙古文化出版社
地　　址	呼伦贝尔市海拉尔区河东新春街4－3号
直销热线	0470－8241422　　**邮编**　021008

排版制作	北京鸿儒文轩文化传播有限公司
印刷装订	三河市华东印刷有限公司
开　　本	880mm×1230mm　1/32
字　　数	92千
印　　张	6.5
版　　次	2023年4月第1版
印　　次	2023年4月第1次印刷
书　　号	ISBN 978-7-5521-2180-3
定　　价	48.00元

目录
contents

辑一　银河渐现　南山野草

辑二　分钗断带　北京刻骨

辑三　莼羹鲈脍　南家钓游

辑四　蹈厉之志　深圳登途

辑一

银河渐现　南山野草

两个我、一个我

天热了，我还不知道自己是谁

酒精像一只鸟经常啄我胸口

疼痛，却没有鲜血掉落

像极了一棵枯萎的树桩

沉默，搁浅在河床上

我不确定心中是不是住了一个醉鬼

跟阿奎一样虚荣

还好太阳一照，天就晴了

柳絮，裹着醉到处飞扬

随便把善良捏碎了，撒在北方

人生，真担心另一个我问罪

是一棵树

又像是一只画眉鸟

无言，又叽叽喳喳

野草，才道尽迷途的方向

两个我、一个我，都不重要

野草、骏马、虫鸟、大树

这就是高楼瞧不起又学不到的模样：

留给自己，地狱

送给人间，天堂

诗两首

（一）踮起脚尖

竹林里，钢筋般的幽静
水泥，在我的心中缠绕
跳动，又鲜血淋漓
柔韧，曾以为也不会存在
植物们来到光秃的竹林下成长
不会是一场旅行
太阳，被挡在了钢筋的外面
笋，一定要拔尖
蜕掉皮，在成熟前接触到光明
不然，它就死了

（二）叛逆

流水卷着竹叶在小河里漂流
转圈，卷着卷着

有些倦了

青蛙也趴着睡着了

安静，流动

只有蜉蝣在滑水

如镜面一般干净

和那天用眼泪擦掉的考卷一样

弯腰喝一口水

昨天，随着竹叶漂泊

二〇二一年八月 南宁

独　奏

暗淡，灯光也被乌云遮住了

四点，我还伏在桌上

台风探了个头

颤抖着，裹在帘子里

寂静，又害羞

喂！想说些什么

难过，又说不出口

像毛笔顶住了咽喉

等灌入所有的忧愁

把烟斗

在肺里点燃

缝上伤口

来点墨汁和老酒

洒些在纸煎饼上

随着梦在时光里漂流

在西伯利亚的森林

在冈底斯群山的背后
祈祷

直到雨把梦浇醒
梦在雨中演奏

二〇二一年七月二十日晚

出身和意义

城市三十七摄氏度

按照水泥的日历到了寒冬

路上有些雪

沙沙的声音敲开耳朵的门

哦，原来是环卫工人拖着垃圾桶

熟悉

像刘姥姥拖着王熙凤一样

焦灼

跟学校的实验室一个味道

奉献，为了地球的环境

如果世界关于出身没有偏见

我们欠太多人一个学历——

善良学学士

二〇二〇年六月三日

台风天

台风来得比闹钟还准时些
还以为是西伯利亚的秋风来了
它来的时间已经迟滞了太久、太久
期待也沉睡在空气里，挥发

直到感到恐惧，它的狂怒
卷着树枝呼号，落叶
落叶再撞向南墙
摇曳，把失意人最后的一点睡眠剥夺

沉　没

苍穹的云朵散了
行李箱还在脚下
广州南部成了迷宫
我再也看不见云了

伤 疤

总有一些合唱深入人心
可似乎与我无关
深夜，我是一匹独行的狼
伶牙留下一道伤疤

西江月

——江河散字

银河星芒又落，蛙叫覆了山塘
春风带柳唤阁窗，孤影墨撒长廊

坐待朝阳梦醒，将军好个凄凉
德、义、礼、智、信都去了，诗书散在河江

云之上、月之下

要赶在八月的月亮退休前

腾飞，去北京

飞机朝着月儿升腾

月却意外降落在海面上

沉默吧，慢慢等夜消失

世界就只剩下舷窗外的褶皱

把回忆都搓模糊

模糊了夜，又模糊了双眼

把地球的能量汇聚成了

一团团熊熊大火

点在夜的每个苍凉

每个苍凉的角落

燃烧，照在钢筋下的水泥生命之生命

为了这城市夜之夜去燃烧

尸骨埋入泥土深处化作白磷

等着重见天日

再为夜来一场火烈鬼蓝的烟火

这个能量守恒的世界，谁又能逃离？

逃离人世间生与死的表演

谁能一直停在八月

停在这云层之上、月亮之下

只有一颗星星（组诗）

（一）只有一颗星星

回家的路上，只有一颗星星陪我

酒精世界里我就是皇帝

城市的皇宫侍卫如灯杆般笔直

点亮凯旋的火盏

明亮，一丝暗黄都没有

虫鸣在夜的海洋里翱翔

香烟在手里斗转星移

不敢熄灭

这寂静的海洋我再也无法将它点燃

（二）月浴

沐浴在月光之下

我已和一棵枯树无异

我会慢慢枯萎、沉没、窒息

雨水和阳光洒下来

也不会再发芽

月儿传播的种子埋葬了

在山巅、溪谷、丛林

天一亮，又将盛开在同一片天空之下

（三）银河瀑布

星星如瀑布般倾泻下来

我的心太小

能容纳它们的只有那片大海

帽檐也被淋了

雨水在银河里一闪一闪

和萤火虫的节奏一样

照在地平线上

然后又升起在河流的尽头

眼神，跟着尽头的山脉一起绵延

星河洒在山顶上

沿着山脊流进了我的眼里

（四）星空草

我曾拥有温暖感性的内心

然而命运却击打着我

我现在是一棵随风的野草

根，扎入了泥土的深处

抱住它的脊梁

石头，又将我抱住

太重，前进沉没在暗淡的星光

我没有动

银河却带着我的灵魂出发，又回归

夜，喜怒无常，又粗鲁残暴

坚强，被星光一抹而散

如种子

又成长在农田外的野地里

一只飞鸟的夜

深圳的天朦朦亮

乌云，压着东边墙角爬上来

雨点像稻谷般散落

一束束打在深夜的窗

今夜的梦已歇业

我还在客厅里窸窣作响

伏案，把书和字一起吞进肚子里

墨水和着酒精在身体里扩张

沉醉，醉到眼神沿着灯光坠落

才看到一只鸟儿飞到了身旁

它在书上跳来跳去

历史、地理、政治、哲学、科学

都成了它的战场

跳在硝烟弥漫、披星戴月、溪水潺潺

我知道，这里是它的天堂

可是鸟儿呀

你何曾不让我羡慕

雨停你就走吧

你去飞，飞去蓝里

蓝出自己的翅膀

蜕变，和理想一样

城市霓虹（组诗）

（一）城光

城市里还有光
可我们的眼睛睡着了
灯光有些暗淡
光，也老了
洒在路上有些沉重
马路喘不过气
抬头，云儿只穿过月牙一半
如打入心脏的铁钉
冰冷，然后在心中生锈
最后像映着月光的玻璃那般，掉落
昨日的期待，也碎了

（二）新城公园的夜

夜，和石头绑在了一起

宁静

不眠的鸟儿在树梢跳动

灯光，也跟着节奏被折断了

新城公园快要入睡

耳边的植物打着呼噜

我蹑手蹑脚

怕一不小心吵醒了它

（三）方舟霓虹

雨停了

城市的水泥还没入睡

微风，像爱人的手掌

粗糙地抚摸

想起昨日握紧的手

都还在吗

我迫不及待向公园走去

虫儿的歌声

从这头，慢悠悠飘到那头

婉转，和爵士一样优美

大家都休息了

只有光桥路还在闪烁

明亮，和我们的希望一样

点亮了平台的窗户

像方舟有了灯塔

前进，载着光明的梦想

录制一场电影吧

把它刻在这儿的玻璃墙上

霓虹，飘在新的雨水上

夜深了，驾驶方舟的人还没说话

录电影的人已睡着了

（四）城市光明

乌云把夜晚的梦漂淡了

迷雾，飘起在森林的尽头

心里反问人生是什么的组合

色彩也好，声音也罢

也只是漆夜的配角

在城市灰色森林里穿梭

跨越每一个红绿黄的路口

脚底的油门黏住了昨天

踩下去，冲向光明

可这儿的路起起伏伏

上完坡，就是朝阳

下完坡，又消失不见了

不用害怕

黑夜的希望也会开花

光明会一直存在

青年的咆哮

笔都生锈了

骂都骂不动

是哪个王八蛋要种法国梧桐

啊欠！啊欠！

毛絮们占领了校园

我的鼻子肿，你的眼睛红

便宜了那些郎中

等着梧桐叶落的药店

冬天就买了个七十平米的牢笼

给冰凉的身体安了个壳

二〇一三年八月

"你"不是你

你若是一只雄鹰
你飞翔，你翻滚
你为何要追地上的影
如果天都没有放晴

你若是一片树荫
你茂盛，你清新
你为何去护那没叶的根茎
如果它都没有那
那跳动的心

你什么都不是呵
你只是人，你是鲜活的生命
你有一颗心，火热又年轻
你不属于夜
你属于黎明

二〇一三年九月

三十七度半

是光辉化就的火

昂首咆哮，便是潇洒的活

谁赋予了你炙热？

那朝与夜、白与黑的轮廓

那杀不死、灭不了的执着

曾发誓

要将暗与黑包裹

去掌世界的船舵

名与利如那——日不落的帝国

"喂！

如今你的梦再也不用张罗

那树荫房檐也可把热剥夺"

"呵！

就算光与热散落

我还有三十七度半的身躯

多半度温的光烛"

二〇一三年一月

梦

梦

乾坤

眺九州

青山布遍

大好青春时

不如仰天奋进

更多得人生美好

缔造一世不悲不悔

二〇〇九年

死 谏

困告神游昆仑山　　却怕俗文引千绝

昆仑山上鹅毛雪　　挥墨万字有错缺

误把探灯当明月　　驻车梦醒孰敢约

清风踔厉有臣在　　牛鬼蛇神知觉觉

导航灯

——献给党的"十八大"

站在五星旗下

我朝着太阳升起的方向

一遍又一遍地追问

追问浩瀚中华

高山大海　　杂草荆棘

党的身躯

托起了大山的脊梁

党的鲜血

流淌在英雄的臂膀

"嫦娥号"载着千年的梦想

穿越那时空的轨道

你描绘"科教兴国"的蓝图

带领我们改革开放　　把未来拥抱

中南海灯光日夜在闪耀

照亮那明天的大道

书写崭新的诗篇

吹响前进的号角

你铺开精神文明的画卷

带领我们与时俱进

把美好创造

党啊

你是我沸腾的血脉

循着万里长江

我的赤子之心

从未感到迷茫

二○一二年十二月

镜 子

竟然还会难过

把汽车的发动机点着

炙热的夏日终于有了

让我冷却的地方

车内响起悠然的小调

像红丝带在脖子上缠绕

痛苦，可又哭不出

如沾满盐的钉子插入了心脏

世界上怎么有这样一棵野草

火星在叶上炙烫着

可根茎却凉了

作孽的人

西装革履，步履蹒跚

镜子里流满了鲜血

流不出

也刮不掉

恶 人

鸟儿折断了翅膀

飞在蓝天里凋零

溪涧啊钻进了阳光

浸润斑斓的生命

摔落在石头旁

熄灭了高傲的身影

罪恶在伸张

延伸长眠在森林的长廊

天堂的钥匙

屋檐上的红丝带飘着

在摇曳的树叶下沉默

随着风儿在舞台飘落

明天太阳就要复苏

鸟儿迷失在归途

童话的故事终于成了哑剧

只有月儿在踌躇

剧场外铁门堵着的牛羊鸡鸭

到奈何桥才知

天堂在山巅

可通往天堂的钥匙来自地狱

月

这些年

我都忙死了

她一点也不慌张

只要你抬头

这位佳人总在身旁

打起了鼓，跳起了舞

月儿美素

勾起的裙角不张扬

冰冷的游子在瞭望

放学回家路上的芦苇荡

几公里

绿盖头，青竹廊

扛着书，吹着哨

南家少年郎

鸟哇虫鸣溪水凉

书儿来飞翔

稻田是海蓑是舟

吆喝的汉子要划桨

颜如玉

荡起白月光

我跑，你跑

相约在山上

风儿吹起晨光芒

枫叶告别了家去流浪

冬日莫言苦

炭炉赶寒窗

炎夏别烦跳三江

抓的鱼儿来富门前塘

流浪人莫称王

世事难料也作罢

今儿的月色洒满床

把酒对饮天莫亮

莫换衣裳

月儿，干了这瓶"老枝江"

别问志何方

只愿情意长

坚 持

我向帝王心

可怜不知命

江山起山林

挑灯书行行

画眉笑春晓

锦鸡伴冬鸣

稻野田床硬

寒霜溪水凝

小生垂头定

莫管它输赢

十年寒窗尽

问到哪黎明

眼望山苍青

多少炭火辛

长江水流尽

事事难称心

哪知糊涂劲

成败错帝京

乡下诚有品

难入九州町

七年床塌隐

莫道扬曾经

江河黄日净

白鹤向山迎

凭栏远眺景

东湖何日清

诗书远致信

帝都多少情

谁笑书生苦

只把志云凌

高楼镇南岭

深圳道人丁

可怜不知命

英雄最薄情

江潮路边有感

数里资江水，潮平路带沙，

几声呼喊金年华，正是时候塑生涯；

今朝收云彩，归来漫晚霞，

点点光阴墨成画，任尔东西南北刮。

高考前夕作

告志诗

鹏城千日无欢喜
乾坤与酒把笑还
别笑家国天故意
莫愁丈夫命施关
高楼为舵志为帆
赤脚作海身作船
风起尘扬拂袖去
空瓶为枕我何干

星 峻

松柏莽莽石像生

星荧穹顶盼故人

将相稽首王侯阵

骅骝跃足翁仲坟

孜矻帝都谁故意

笑我中华多少臣

古今寰宇功名恨

英雄不悦凯旋门

长 凳

第一次来深圳

凌晨的绿皮火车晃晃悠悠

载着

来自桂林的行李

来自湖南的人

驻足

放纵眼球被这座城市吸引

高楼大厦，车水马龙

抬头看着大时钟

时间不早了

月儿啊，我该去何处？

别问我你要问繁灯

枯黄的老灯倒是直爽

我今晚的床

竟然送了光芒

罗湖的后夜

不再显得凄凉

第一次拥抱长凳

凌晨四点

原来，除了努力的球手

还有等待的人

做了很多这样的梦

或者

想到了很多这样的囷

不同地方的长凳

躺着不同的人

行李都未打开

我放慢脚步

嘘，收起欢笑声

凌晨四点

我给自己写

也写给"北""上""广""深"

原来你也一样

窗外有多久没下雨

我还没睡

总觉得床不对

想钻进来福的笼子

体验下狗儿的欢愉

我闭上眼敲了敲梦境

喂，

天亮了

可不可以为我开门

不是天晴就能开心

梦里

正义与勇敢属于人民

外面开启了几重奏

马路上，城市坦克呼呼奔驰

泥土们会不会享受这趟旅行？

大叔的扫帚是不是又换了新

声音刷刷地写着辛勤

喜欢的诗人

在朋友圈画着人心

还有，特殊的故事

看到了一条

我想说声"恭喜"

又怕你也一样

等着一份证明

一张有红章的证明

原来你也一样

原来你也不一样

我还在等

等黑夜的月亮

长在人脸

亮在公堂

青春的最后一组诗（组诗）

（一）

一直在想：怎么以一首诗结束
用一段什么样的话
写在 26 岁的最后一天
写在诗集的最后一页
如果这个公众号关闭了
不是神经末梢不再混沌
也不是人生停止了跨越
只是心，那颗经历了磨难的心
不再需要它，不再需要它的倾诉
它的陪伴、它的支持
或者还是，这颗为野草准备的心
已经、已经机械地停止了跳动

（二）

老天：该说的都说了，该做的也都做了
似乎，27岁就足够了
还有一个月，有足够的工具、金钱、时间
让一个人或一根草，足够
去穿越那片漆暗的松林
去朗诵那篇动人的文章
裹在夏日的被子里
再试一下零下五度的冷风
又翻越城市、农村、溪流
踏着白皑皑的积雪回家
在寒风中打开书本
等待，然后再错过巴士等待
在淡弱的微光下
等待变压器的脉冲，来点亮
拍着蒲扇数落在天上的星星
呵！已分不清哪些是萤火虫
哪些是银河遗落在水面的梦想
总之，桥下流过的绿光里
总是逝水

（三）

人，总需时间来成长

就像光也需要时间奔跑

因为时间

绝大多数的愿望许在流星划过之后

就像，绝大多数的道歉总在后悔之后

在这最后一首诗

最后的一段话

把我最真诚的抱歉，还有感谢

送给城市的星光

送给大山的林木

送给大海的波浪

在每一个乌云密布的岔路口

向理想鞠躬

把所有的后知后觉都埋在山巅

把所有的离散都归于漆黑的硬盘

合上笔记本电脑

就像关闭了资本的表现、新闻、评论、逻辑

还好，我都已不再理会

拨开这层云，像把近视镜摘掉

看不清也没关系

迷幻的世界如游戏里那般虚构、虚伪

真正的人生，只会在每个人内心的血液里

涌动、鲜红、火热

直到这个世界的每个人都不再近视

（四）

离开，总措手不及

像没有时钟的年代

提早一个月的出发

再见的时候就会早一个月

朋友们，感谢！

朋友们，珍重！

辑二

分钗断带　北京刻骨

船只划破江面的月光，打湿了衣裳

右江两岸灯火如烛光般斑斓
轻悄悄地陪着河水流淌
不敢用力，怕一个用力的呼吸
都会把仅存的光影吹灭
我就这样静默在江旁
把脑海里的画面播放在江面上

我有时会想，这里的江河
也许还没有资江好
人呀，为什么总会莫名觉得
家乡总比外面好
至少，感知会多一层迷雾
总会遮住我们的眼睛

北京不一定好，深圳不一定好
其实家乡，也不一定好
只是我们还会依赖

右江里过往的船只也会依赖
只是船只们，到过的每一个地方
都会卷起一层波浪

船只就这样划破了江面的月光
一波又一波，把中秋揉碎了沿着堤岸流浪
直到沁入我的双脚，打湿我的衣裳
这场景，总觉得浪漫
想听你唱歌
可抬头，你已消失在远方

只有灯光还在，全部融入了江水
和月亮一起涌动
北京，在音乐里想起
永定河的波浪就这样飘到这座小城
把我的那颗、那颗骄傲的心
打湿了

车头朝着太阳落下的方向

时光，盘延在"039"县道

我沿着"26"的尾巴前行

升起，车轮跨过山坡

上坡又下坡然后又消失

只有那金黄的余晖

辉映在这些山林之上

流入我眼里的余光

慢慢、慢慢消失在眼泪里

最后一段直路

将车头朝着太阳落下的方向

把最后的诗意

朝着北京、朝着深圳

朝着落下的方向

埋葬在陌生的山林里

列车朝着心灵的方向

我依旧，行驶在出差的路上
我依旧，静坐在每列车的"D"座
过道，"一"是我心灵的方向
它和我一起，也想去追寻独立的年华

今日依旧是这趟列车的"3D"
行李依旧摆在桌子上
随着列车起伏　摇摆
印着你的模样醉了，睡了，消失

前座的姑娘又让我想起了你
黑夜成了车厢的胶片
列车呀，记录了每个人的眼神
你是车窗啊
倒退的倒退
留下路灯天边的回忆

假 如

假如我们依旧向往天空的湛蓝
曼珠沙华的眼泪就不用在此时溢漫

假如我们依旧想念北京的暮雪
衣柜里发霉的棉袄昨日就该留在北方徘徊

假如我们依旧想念真实的微笑
18 岁那年的地下室也许就不该忘掉

假如有假如
生死与你，在远方

清晨的钢琴声

今晚五象的夜没有月亮相伴
飘落的雨，把灯光都挤成了粉末
飘落在屋里的雾窗
闪电连着远方，如钢筋般打入了我的溃烂的内脏

想起了琴声，打在流浪人的心上
在十八楼仰望，昨日我们在地狱里挣扎
又看着这琴声在凌晨敲打陌生人的窗户
像是流浪者的音响

声音，以每秒三百四十米的速度连接走廊
可失意的人，以每秒三百四十米的速度后退
退到所有的美好和优雅的身后
把回忆和想念都塞进琴声里

弹琴的是一个什么样的人
我想这不重要

我收集他的失意或孤独或悲伤

也融入文字里，飘到她想要的远方

我该写首快乐的诗

站在夕阳下

像一幅画那样静止

直到所有的观众都流淌离去

和北京的距离

随着汽油的燃烧消逝了

即使时光还环绕在你的身旁

可我的时光已不在

艺术和追求，也不会在

燃烧，燃烧成旅行中的一幅画

灰烬散落在陌生的空间

车头朝着太阳落下的方向

总以为行驶在月亮的前方

离天边的湛蓝就会越近

你总遥不可及

就算把明信片都当燃料点燃，加速

记忆坠落在尾气里

也好，都浑浊了
燃烧吧，湛蓝

Dear Jane letter

这首诗没有开头

只有一段音乐，重复

和我的车在一起，把每个音节

散落在梧州的高速路上

憎恨自己的记忆

就是醉酒了

也忘不掉那串数字——"1350"

像是上辈子墓碑的高度

移动电话里永远的占线提示音

是我的墓志铭

手机按坏了。没有接通

乘着最后的寿命

不如多听几遍音乐

流淌着，抱歉

就随着音乐销毁吧

亲爱的你可知

我走入了死胡同

如为了飞入天空的湛蓝里

眼里没有大地

没有厚实的土壤

没有金黄的大麦

没有我们日思夜想的家乡

飘落在天空里的羽毛

再也无法着陆

我怕心冷冰冰

再也没有了血液的灌溉

我不怪你，湛蓝是我自己闯进去的

抱歉，把你的天空弄脏了

我经过彼岸花的相逢

二十度的天气里

我独自走过

天桥、公路、绿荫

我经过

一撮彼岸花的约会

钢铁沉寂在昨日的暖阳

我在湛蓝的年华里绽放

和那株曼沙珠华一起，脱离地面一般

鲜红，独享河流的歌唱

假如生命是旅行一场

我就站在林间

等卷起了秋风就去远方

记忆飘起了雨

有的人随着风就没了

只剩风的回响

这一生，这一世

空中的一次回眸

就会终生难忘

花开叶落

落叶花开

保重！守望！

道　歉

夜里不挣扎了

任由花洒摆弄

把大地的血液浇在我的头上

来冷却全身的毛细血管

闭眼，尽情享受水泵灌入的清凉之清凉

水流之流入填充我的心脏

而血流流过我的头发、脸颊、胸膛

最后又流入大地之大地

流入江河湖海

屏住呼吸任他们流淌、汇聚又分离

终于憋不住

红色的水流从鼻腔喷涌

和透明的血液混在一起

翻滚，给火烫的身体镀个色

世之迷茫之红色之红色

一半烈焰，一半寒凉

沁透到五脏六腑每条神经深处

抖落，水之冰清里遗忘的那个道歉

一半留给自己

还有一半

让大地给北京带去

挥手、握手

让伙计停在电梯间门口
戈壁的砂石刹那般静止
自由落体把血泊溅起来
打在五脏六腑里，又坠落如尘土

两个世界交会的岔路口
今天能否就约定
与星空肩并肩的时候
低下头，轻轻地向我挥挥手

就那样凝视着银河
银河，也在偷偷凝视我
以至于每颗星宿都闪起光的时候
期望总随流星滑落在身后

未来如河流与大海的入海口
今天能否就约定

睡足饱足心意足的时候

你满心欢喜地跑来握紧我的手

云

噩梦
又堕落在了那个山洞
血淋淋的心脏沾满了草籽儿
左右拧巴着
它，已无限接近死亡
宿主眼球被血丝缠绕着
捆得都快断了
可恶，还和岩洞上的藤条一样
钢筋，牢笼，坚硬，冰冷
逃离？冬眠？
黑暗，除了洞口的湛蓝

怦！
粘着尘土的心颤了一下
是洞口飘着一片云
温柔、清新
是灵魂的使命，和折翼天使

带来的另一场梦

起风，就几分钟

云，烟花般散开

眼泪洗净心上灰尘

再见，临走时点上的残油灯

会到下一场梦。感谢。

二〇二一年七月十日凌晨

三行诗

把书籍用来砌起城堡
让我的手擦干眼泪
用我的肩承接拥抱
携手到老

听火车轰鸣在旅途
闻春风高山杏花香
唱在十八弯的山路
让爱复苏

野草摇摆在田野上
迷失在天空里飞翔
灵魂与小姐相遇
我的城堡为你敞开殿堂

好听的声音

识别一个未来的人

有人用想，有人用眼

而我用耳，浪漫

声音是彩虹的斑斓

回光明的路，已经和银河肩并肩

我，迫不及待与未来相见

天河有三千三百尺宽

你听到了吗？流星用呼吸

就能把雨下到我们的耳朵里

迫不及待，星空相见

紫　色

盐之花，开在紫色里

沿着沙滩的外墙沉醉、蔓延

缠绕赶海人的手臂

开到海浪、浮桥、沙滩的每一个地方

悄悄地，偶尔和云朵一起绽放

看海浪的节奏拍在浮桥上，涌动

海之花，被冲刷如黄金的沙滩

连着碧绿

消失在地平线的尽头

我的心涌动了

思念，将温柔的云划了一道口子

鲜血流在蓝天里纠缠

又一滴滴落到海面上

把海浪、浮桥、沙滩的每一个角落

都染成了紫色

钢琴曲

屹立，高楼如琴键般沉默

破壁残垣中青砖化作了灰尘

泥土里，只有灯杆还站立在这里

白云在街道的尽头升起，又飘走

如你，一飞永不相见

终于，没有相见的别离

在两座破碎的城市

钢琴声，和风儿一起做成的子弹

穿透我心

爆炸，又平静

像河流，波光粼粼

我们还会相见

在尘土里，被同一条河流经过

同一片天空

钢琴声在尘土里响起

忘了（组诗）

（一）

忘了天亮

忘了告诉你
时光的钢笔找到了
就像宇宙的星光
闪烁的夜美得苍莽
来不及感慨
人迟早会远航
梦迟早会天亮

（二）

忘了墨青

忘了告诉你

现在我也写毛笔字

鹏城的天太潮湿

这群蘸着墨青的宣纸

都吵着想逃到北方

京广线太长了

拖着的记忆

被炙热的铁轨烧了

委托它带的信件

成了列车的燃料

（三）

忘了腊月十二

忘了告诉你

我这儿也格外地冷

我们有共同的信差

来自西伯利亚的冷风

先给你带去了雪

又匆匆南下告诉我

北京下雪了

（四）

我删了一首诗

从前天开始
我就想忘了昨天
因为忘了
我删掉了微信、短信
删掉了一首诗
删掉了蛋糕订单
和未知的地址

倾 听

我端着酒杯徘徊

盼望见到黑夜的阳光

马蹄味的威士忌

劝我早点去休息

可惜

只有凌晨四五点的时候

等到大脑抛洒完沉思的燃料

才算放下满身的防备

平复下充斥着疲倦的心

还好还有抖音和微信

让空荡的空间多了一些热闹

还好五点的朋友圈

有喜欢的大师在写诗

细细品读沧桑唯美的文字

挺好

写出来总有人倾听

也不敢做梦
怕你会看到我醉酒时的狼狈
还没开口
上天就会将我们分离
没了你
我想找人说些什么
还没开口
已不知道故事去了哪里

已经忘了失眠了多久
蜜蜂们构造了六边形的牢笼
把我困在这里
想变成一只蓝蝴蝶
调皮地飞来又飞离
翩翩起舞
然后
融化在共同的天空里

中关村南大街的十字路口

我们的分别总没有言语

就这样静默地牵着手

我来了，又走了

走完最后这段路

就来到了十字路口

北京哭泣着

风在说　不变不变

雨在说　再见再见

往哪儿去　四海漂泊

几时归　风度翩翩

今天，和八年前一样

今天和八年前一样

信号埋没在北京这个地方

长城抖了抖我们播种的愿望

埋埋头，你飞去了远方

我的心像被山茶花刺了一下

血留在北京的每一条马路上，罪孽是花香

森林的尽头还有多远啊

一条条岔路拖着爱在流浪

我快坚持不住了

徘徊在地狱与天堂

今天就和八年前一样

踏着每个角落，手机也按坏了

云儿终于如愿以偿

我的眼泪，飘落在迷航的飞机上

以信差的名义

云儿又在喝酒

闻起来比酱香还熟悉

在文化馆上空飘着卖醉

像醉了就响起的《致爱丽丝》

去北京的路太长

这么短的音乐

手机得响几万次吧

才能飘到你的领地

轮到太平洋的季风来值班

我把珍藏的文字写上

可夏天前几日又在哭泣

没过多久就把给你的信件都浇湿了

随意捎上这不必接收的信息

不必接听的电话

不必在意的相思

出发了，以信差的名义

吉祥山的天地雪天萤席

野草站在这里

又精疲力尽

又静止

蓝绿国

风的形状

是麦穗弯了腰

在田野里跳跃

连海洋也染成了绿色

我脸红着伸出手

挽着麦浪涌动着

飘到蓝绿国的分界线

轻轻地踮起脚尖

就飞到了湛蓝里

远处的电线上挂了片白云

像一只风筝

和我在蓝天里相遇

再相拥

起风了

电线杆把腰埋到泥土中

牢牢握住线盘

白云就这样带着绿

消失在春天里
我闭上眼睛
与湛蓝随着风
上升又坠落

绿茶装进了咖啡杯

冬天就想那首诗

装在城市夜晚的四季

倒挂在红绿灯上等风

泥头车呼啸着带着风，重逢

然后掉落在柏油凹坑里

爬上跳动的米其林车轮

乘着叫"G4"的高速公路

随一百迈的速度向春天复苏

呵，到不了终点

就在武汉跳进了东湖

又融化在冰冷的东湖水中等待

直到梨园、樱园、梅园都枯了

最后写诗的人出现了

天空也升起了雨雾

一只缺角咖啡杯

泡好了一杯陈年的绿茶

忘了告别

闹钟是青春的屠夫

伸出脖子，一刀一个

记忆和热血洒在了去银河的旅途

还好楼上及时飘出的钢琴曲

超度了这些佝偻的身躯

让灵魂飞去和爱的人告别

可乌云泼下的大雨

把道上血迹冲走了

终于

去北京的飞机

在我的手机里坠毁了

雨

雨来了

飘在"CBD"的野草上

滴下来

埋没在沉闷的水泥里

梦醒了

骏马与风筝

这是天堂的草
却孕育
不羁的骏马
它裸蹄踏入绿泥
任污脚还有石头
击身

河堤上
一根银丝飘摇
有一只欢乐的风筝
颂着清风

它
甩甩棕尾
便想踏上追赶的堤墙

高壁陡崖无情地推挤

草落水涨作势地催逼

一道道伤痕继续

一缕缕期待坚持

可惜难以攀登

喘息着

吸入掠下的空气

遥望着

风筝乘风高飞

被尘土纠结地拉扯

踏不出

草的轮回圈

岸的包围锁

也许

飞的看不到跑的渺小

它只能

为风筝向佛祈祷

随后

转身溪涧去饮清泉

二〇一二年十一月二日

望

你在山巅瞭望
我在海底翱翔

搏闯惊涛骇浪

不见，
我向远洋

二〇二〇年四月十七日

和你八段

细雨带风湿透黄昏的街道
提起是寂寞时寒冷的裤脚
望向西边天已渐晚
这一秒的忧伤太早

映着你纠结闪泪的双眸
泪里是你的真诚和温柔
左右浮沉的决定
咬牙给无私的谋
想让你快乐，哪里想让你走

我曾撒下两个承诺
不过你爱恋的生活
那晚西风正盛
吹出多少眼泪
往事如昨

再次泛起心里无数的思恋
树荫下片刻欢笑的脸
齐刘海揪心打肿的眼
我有多么爱
你有多么难

感慨你有多么的幸福
哪敢想我在你便是晴
如今深爱给了你两朵乌云
——赤子之心

想让我的暖融化了你的壳
至此你不会有寒与热、饥与渴
如今你想回头再启那壳
若为你好
那又有何不可

烈阳的火灼烧了我的泪
我有多么痛
也要放开你的手
曲终人散，你要留
我誓去摘下那北斗

你要走，便走

走吧，走吧！
现在我对你也没有要求
只是，你能否给我一个拥抱
我从未和爱的人——
稳稳地相拥。

初　遇

东风掠起三月的尾
摇曳的柳绿
奔滚的春雷

雯华盖遮朝日的美
浮沉了年少
倒替了白黑

百人哄起人声鼎沸
眼角留笑如画如飞
初遇的你
初遇的蔷薇

望京城小桃红

门前烟雨树茫茫

盼谁扰阁窗

对坐双桨青波上

闯三湘

京城霾雾寄惆怅

长城故道

今年又未至

明日谁发长

评　论

天上掉下的一点也没错

我也曾在大观园踟蹰

对你

有上千次的思索

立体的、丰富的、优美的、清郁的

在寻词中迷失了自我

来自地狱的我总有些怯弱

我写了又写删了又删

这一刻

大观园正在被雪包裹

秋

外面的风很大

逃离了西伯利亚

滚滚羁绊到

海角天涯

给天涯海角的人

裹上金秋的爽冷

感受远方的轻吻

这座城市里

到处是体验秋的人们

在地里拨开俊绿的秀草

在天上扶摇五彩的风筝

难得不加班的小孩儿啊

在寂静的水泥广场上

添画着快乐与天真

这些热闹与精神

平日里不常见

不属于"北""上""广""深"

我本来想伤感

我根本就不优秀

我也不勇敢

也没能把正义支撑

只敢一醉方休

然后站在死海里瞭望

看你的背景去远送垂柳

看你的笑容来治愈深秋

弯腰

重拾那片落叶

思念秋天的人

准备着陈酿的美酒

还没来得及邀请你呀

我就在睡梦里

送回了西伯利亚的清森

都说风儿是我的朋友

别走

念我，一往情深

依　靠

压根没见最好

也省得情丝萦绕

原来不熟也好

就不会这般颠倒

情到深处探问誓言

我们今生能否永远相伴

心爱的人儿坚定

只有死亡才能将我们分离

我的拇指

不会伸直

我的爱不会停滞

是走是留你与天定

只有死亡才能将我们分离

我要去闯那片海

誓不成功将不还

不要悲伤

只有死亡才能将我们分离

你走与不走

我唯有这份依靠

梦醒了

原来你从未来过

也开心

夜聚守，昼分离

辑三

莼羹鲈脍　南家钓游

闹　喧

父亲总有办法
春夏一替稻禾绕田
光阴刹那松灯点点

他说
水牛叩首放蹄奔跑
只恋方塘
纵使前方满坡青草
风搅入天，绿的清香

如今冬日
诗意的信仰，夺路而去。
颤抖的身躯。
命是那山涧清泉
——狠狠冲下的高远
少年彷徨的闹喧

我把车开到了灰色里

堵在光明大道上眺望
我想，我早已变成了一辆车
就这样在车群之中轰鸣，却静止

心脏和发动机缠绕在一起
血液，沿着油管注入机舱
直到流淌完，身体里的最后一滴血

空干的身躯
随记忆在空气里挥发
和车缝里夹存的故乡土壤一起，消亡

静止，红绿灯躲在乌云的背后
我，躲在斑马线的背后
只有乌云灰斑斑的，和行人融为了一体

赶 路

汽车停在楼下，不愿下车
到了秋天，眼前的世界空荡荡
村口那棵枫树光秃秃
枯叶坠落在漫山遍野
一片片，一颗颗

眼泪流淌在发动机的大河里
加压，燃烧
然后随着寒冷的天飘走
留下的枯萎，蒸发
一颗颗，一片片

只有坐在车里
才会被家乡的大河缠绕
轮胎里还夹存着故乡的土壤
像一张过去的 CD
车在轰鸣，正好伴着它交响

城里的家堆满了杂物
乡里的家堆满了记忆
却都空荡荡
有没有物流公司从家里运些东西来
可城里的家太小了，放不下

活在两个世界
或者说我的人生，是两条泥泞的道路
绿化带这头，和那头，快不认得了
可都是弯弯曲曲的，拖着行李箱
走不远，总痛

路灯熄灭才知道时光又流走了
一辈子，要准时对上白天和黑暗
朝阳也难，路灯也难
白天黑夜我们总在飞驰
被甩掉的时光去哪儿了，我都想不起来了

路很烂，还好油门随踩随有
坏掉的零件，有钱后再修就好了
出发，赶在太阳落山前回家

路灯，终归在别人的遥控器里

只有太阳，是无私、公平的

和夕阳降落在留山的脚印

都说，告别总需要一场酒

可离别本来就是一壶

一壶昨日煮沸今日又将冷却的烧酒

会把光桥路醉倒

然后把灯光丢弃在平台的怀里

又在我的胃里徘徊

离愁把留山系成了光阴的环带

就这样，沉醉在留山的夕阳

再干一杯，再跑一圈

醉到飘摇的树荫就是光阴的录刻

温柔地捧起一撮土

一半埋了脚印

一半带去远方

把烧酒带上

树荫还会陪我

陪我再饮一壶

再醉倒在太阳划落的方向

起风了

竹林中我踌躇了

透过的一束阳光

劈开了太阳果的胃囊

光芒跳跃在最遥远的地方

纤维袋编织的床

满载了大山的梦想

起风了

竹叶轻盈飘落

与汗水一起拂过脸庞

睁开蒙眬的双眼

爷爷还在锄地

奶奶还在播种

我跳跃着拿起藤条

去捆上刚收拾的柴火

梦醒了

我被"席梦思"裹在了远方

皮带捆起一圈圈的脂肪

缠起来点亮城市火把

钢筋混凝土也一节一节

少年多少惆怅

舀上一瓢深圳的夕阳

是酱香型的

时光（组诗）

（一）雨

黑云，和小时候一样

奶奶赶忙着泼掉洗菜水

雨就下了起来

田里大人们被慌忙淋湿了头发

像今天辗转于地铁线的我

涌动，一串串溅下来

打在我的车窗上

然后，世界模糊了

眼里的雨也快下了起来

直到城市的霓虹在后视镜里拥抱

雨在屋檐下也流淌了

旱烟云雾里大家在喧闹

我被车窗挡在了帘子这头

（二）月

青蓝色炊烟遮住了雪峰山的脸

又盖住了手机画面里的乡村尽头

书房的黑洞里

响起明亮，又是清脆的夜晚

和石头一起静止

蝉鸣心中流淌

流淌着的溪水冰凉又鸣喘

月亮水中的倒影，和茅洲河一样

抬头，马路旁的车灯闪烁

这一刻，是安静的

（三）竹林

害怕竹林里的幽静

动情的诗再也写不出

心已经如竹子那样柔韧

无非是弯曲到泥土里

或是笔直冲向天空

押韵似乎也不重要

每一根竹自有高低宽窄

和每个字一样，模糊又干净

风吹起时，青色的波浪

像海一样

掀起又涌落

无须动情

哪片竹林没有落叶

落叶的竹林里，是不长草的

（四）星光

宇宙的快递员如期而至

头顶的英仙座流星又来了

行程更闪烁了，挂着一串串梦想

银河，和资江河里流淌的一样

斑斓又微弱

要寄的东西，少年捧着手守护着

寂静，生怕一用力就把它吹走了

窗外，青蛙有节奏地鼓起了皮囊

叫两声

从这片叶子，又跳到那一片

蛙身溅落的水滴抛到星空下

闪烁，又成了另一片银河
万千星光里少年睡着了

黑暗与光明

　　——致三烨的朋友们

善良和我站在马路这边和那边

很近，也很远

善良却在大家左边和右边

师兄在左边挡着黑暗

恩师在右边播种阳光

所以你们的三烨好美

像孩童奔跑在青青草原上

倚在树上叼着狗尾巴草数着

银河散落在人间的希望

蓝天倒映在少女的容颜

是一壶美酒啊

童话里的美人也起舞翩翩

可惜屠龙者不能上岸

等船来了

我将持着寒光宝剑离去

我会为大家守护与祝福

三烨铿锵有力的明天

弯 月

都说月儿伴相思
我看
今儿弯月人凄凉

风儿追着我打闹
划过我脸，不是弯刀
慢慢柔柔
像索拉卡的弹道

咻～
我盯着它
划过星空分割楼宇
灯火闪耀坠入波涛

砰！怎么啦？
是弯刀降到
脸颊落了伤疤

愣了愣
突然，连车马都在嘲笑

我生气
明月怎可绕过树梢
只在我身边环绕？
到底是人生还是幻境
我是狗还是猫
是人还是草？

别想了
将电脑断了电
索拉卡的弯刀
随着索拉卡，随着它的世界
都消失了

月回了星空
我回到老家
蛙鸟丛林妙
时光无限好

不气了
脸上的疤也好了

爷爷放下簸箕，给我买了一串棉花糖

凌晨四点的洛杉矶我没有见过

可深圳的我见多了，寂静

寂静到把全世界的星光都关在了收音机

残梦，又垒砌起这些失梦的人

哀怨若是天空中飞的孤燕

连天使都看不到太阳了

哀息也大可不必

月儿会驾着马儿追上夕阳

而朝阳把鸟儿叫醒，不知道唱的什么

总之，和唐湾一样欢喜

少年从苍黑的小巷出来

梦，又向巷里走去

今夜老人的腰又弯了些

手掌的裂痕也开绽了

很红，像是火山熔岩的热烈颜色

倚着墙也不需言语

集市里的簸箕、筲箕、炊帚摆很久了

夕阳把火红印在了爷孙的脸上

小孩丢石子儿倒还有劲儿

把资江里的鱼儿都玩累了

回家，是我深秋的眼泪

紧盯着，盐袋里的五角钱是紫红色

爷爷放下簸箕，给我买了一串棉花糖

记忆，在弯曲的背脊上发亮

梦醒了，关起了一个世界的人

归来又离去，直到真的离去

我永远都进不去他的梦里了

可滋味是甜的，像今夜的雨

城市里的画眉鸟

城市里的公鸡又叫唤了

也是无语

塞在手机里打鸣，比村里的鸡还准时

六点：儿童节是否不用起床

遗憾

连火车上的刻度线还没考量

手脚就长长了

空调上挂着十几把蒲扇

凉飕飕的

把家乡山洞里的风都吹出来了

钢丝床也被分割了

一块块贴着竹条

躺着做梦时还有些夹头发

在房间闻到了泥土味

我不知来自钢筋、水泥、地下，还是尘土

和故乡一样

小时候有的都有

阳台上也长着大树

春笋也有的，在后海

红腹锦鸡也有

不飞了，落在了光明城

至于野猪、大鲵、麻雀都有

在餐桌上和送往餐桌的货拉拉里

忘了

画眉鸟也有的

叽叽喳喳

在城中村的灌木丛里跳来跳去

春天的尾巴

唐湾里，春天如此的平静

沉寂的大山太重了

一下就压断了动植物的脊梁

野草，蜷在泥里寻找最亮的星星

黑夜的暗太亮

陪着泥土卷起风盖住了星光

流水是南家去往世界的最后一滴眼泪

哭着和小溪去有光的远方

越过峡谷、瀑布、河流、湖泊

载着木叶、小舟、大桥、轮渡

缠绕着各拉丹冬峰的诅咒与祝福

无忧的海水伏在微风里荡漾

镜子夸赞我是最棒的草

我越过了峡谷、河流，载起了木叶、轻舟

不屑批评诗意的无知

淡水的浪漫发酵成了盐水的酒糟

胸怀印上敞亮的天堂

诗人求得了苦痛的滋味

炙热如太阳般的人生

再出发，毁坏光明天空的月光

和远人老师坐在台阶上

起风了

和远人老师坐在台阶上

淡淡的烟香在指尖飘着

烟圈里是课桌上的"早"字

早上下山路太长

一阵风就吹走了

吹到了周处的坟旁

晚上上山路也很长

长到看着沙尘暴把月亮淹了

"立业"两字太苍莽

风儿拆了烟灰漏出火焰

那就给名字添了点光芒

希望会随着风儿

攀登或流浪也无所谓

最优美的歌声

只飘扬在殿堂

再恶劣的飓风

也只吹着赶路人的衣裳

江河湖海也就这样

要不就化作了风

融化在雪峰山的上下

跳上台阶前飞驰的车辆

飘回之处可能是家乡

万一顺风到了喜马拉雅

就成了远人和远方

考 场

回乡的路是一张考卷

电子眼是我们的考官

手握着转盘和铅笔

一刹车就填上了答案

巡考了有一千公里路

快到家了是断头高速

黑夜飘着寒冷雨雾

几十公里还在考的

也只剩山里的十几个孩子而已

父亲与铁

麻醉剂的量有些过了
父亲还没有清醒
氦氖氩氪氙氡
这些以前是不是麻醉剂？

有时候觉得人生呀
是一张不讲规矩的化学元素周期表
我们这种生命
与家后面的桉树林
谁还不是
碳氢氧氮硅硫磷

这世界上的人大概是可以区分的
生命已如一批一批元素般
挂上了偏旁，站好了队
如钾、钠、钙、镁
这注定没有被设计的

少数，将被大多数遗忘

例外的是父亲

左手右臂全身上下的铁合金

这样也好

新生的骨头们啊

也比较坚挺

曾经的父亲有些任性

没有教过一道题

没有一条建议

没讲一个道理

他的蛮横无理

我也一度想逃离

所以说是周期表

对父亲就像是桉树林

药用的生命，有毒的碳氢

都算了

我现在的记忆

只有这盘带血的钢钉

回　首

回窝越来越晚

一阵凉风迎来

呵，北纬二十二点五度竟然还有秋

月亮都要睡了

我却站在岔路彷徨

那时候

稻草人的红袖带上

麻雀叽叽喳喳

孩子们叼着狗尾巴草

躺在地里瞭望

雪峰山皑皑苍苍

也偶尔被点缀金黄

迷途中的我们

像极了落榜摇头的秀才

而我，却多错过了

故乡

还有故乡的

春夏秋冬鸟语花香

值班的路灯也抖了抖肩膀

人生的刻度

比时钟指针还模糊

在哪儿？又去何方？

岔路向前有些暗

爱与信仰，也有些慌张。

哎呀

我是不能回首的

因为大家都说

成功的人只能看"前"方

这座城市

离回归线只有一步

回首却无故乡

归 来

后山香火早已荒芜

少年眼泪灌溉了茅草

回忆静静地躺在那儿

我也想回去

和你一起聆听

风儿掠过婆娑

和你一起坐下

烟尘随风弥漫

拿出相机收集

桉树林里漏进的

晴空风雨朝阳晚霞

很抱歉

我没有归来

陷入这时代

狂风暴雨波涛汹涌谁等待

这个吃钢筋混凝土的小孩

我没有归来
迷失在青烟外
霓虹星光闪烁
不及那载
银河下蒲扇睡椅的欢快

我没有归来
也不再内心澎湃
想做点什么
等有空了，等有钱了
等待的前提得有一万多条

所有愿望都去了天台
真诚地邀请今儿的月亮
陪这个浪人唱一唱
"金葫芦等一等
金葫芦等二等……"

童谣里的世界就如
我回到了
唐湾山上煤油灯下

躺在了您的枕边

听着那冬去春来

绿野花开

辑四

蹈厉之志 深圳登途

不辞而别（组诗）

（一）不辞而别

黄昏暮在高楼里
徘徊在生命的左边与右边
视野消失在，地平面与天空的尽头
消失也无所谓
不辞而别，才是离别最大的遗憾

（二）缺席

高山就如高山上
一如攀登，攀登如入青云里
只待山无棱海无涯，高山已落幕
失约，如一场婚礼抑或是求婚
是有人要求的，又有人缺席了

（三）谎言

谎言是灵魂的蛀虫
黑白的还是其余的
是一场，心灵历练
我真诚热忱般活在
伤害中，却没有恨

（四）人品

人世间即将暗淡的。
我如太阳般，光亮了许多
是老师又如学徒般。
黎明前的昼夜，一场没有终点的自驾
我终于明白了，眼泪是一场相逢
眼泪是一种离去。

（五）暂停

情诗于行走中暂停
我一如既往，似飞翔的雄鹰
白云与白云间，白云与大地间

已不需要留念什么，未知的应该暂停

当如前路，笔直，自信

（六）我与大海平行

我与大海平行，高楼与对岸中山的马路

已如竹林，高低般降落于黄昏里

摩天轮旋转在水面，倒映了多少

多少的爱恋。浮出头，又埋在水里

我与大海平行，黄昏覆盖在我薄凉的胸口

我与机场平行，道路与我贴合

天空覆盖了我。还有一架即将降落的飞机

从黄昏中驶来，黄粱一梦已醒来

暖色的黄昏便暖，青色的黄昏便寒

黄昏都是美的，唯一的遗憾是

平行便永不相交

苍鹰俯视大地（组诗）

（一）苍鹰俯视大地

苍鹰俯视大地

大地已荒芜

河流环绕了，草原坠落在黄尘

再看不见青青如野的世界

正如心灵已如湖面般死寂

只是最荒芜，也不过如此

心被覆盖了黄土，跳动已如雨水般珍贵

正如干枯了。所以再差

也只不过去开启一段流浪

偶然扬起的那层黄沙，无意成了视障

阳光其实依旧，如明镜那般绚烂

苍鹰着落在楼宇边沿

天空已不再

马路、行人、汽车也消逝

人们已知道：制造的就能再制造

我的心在高山上

（二）完美是一种缺陷

我沐浴在黄昏，晚霞透过来

这一刻，虫鸣环绕了

声音不大不小，已如乐曲般治愈

静默在城市角落，反思

汗水化作了心灵的试剂

洗涤世界的、这里的、身上的每个角落

其实很多诗人都写出了完美世界

只有静静地，那些世界才离我不那么遥远

提醒我，我也不再是一个完美的人

甚至，我无法写出一段完美的诗句

晚霞已谢幕在地平线

高楼的每个转角如钻石般完美

修饰了这座城市

我徘徊在市民中心的每个位置

它与城市，还有我的心

构建了最稳定的三角形，而我的躯体

埋葬在空白的，最中心

（三）花开已毫无意义

驾驶一辆跑车行驶在无功而返的路上

虹桥如丝带缠绕在天空的脖颈

我与微风结伴，走走停停

用剩下的衣角记忆，拉扯了天空

夜晚已褶皱，忘记白云是哪里消失的

就如昨天的往事，在拉扯中消失

我曾与很多鲜花相遇

而我拥有的，甚至开口的

都只如雨夜星辰般

在惆怅中等待，路口的红灯绿了，然后又红

就如往日的列车，出发了一趟，又驶来一趟

只是逝去的时间，已如手上的风，河里的水

抑或是善良、决绝、美好、憎恨般的纠结，消逝。

等待或是错过等待，也不是红绿灯的目的

就像如果相遇是为了离别

那花开已毫无意义。

（四）谎言淹没了我

脑海里，偶尔闪过一两段美好的诗句

只是城市被灰色填满了

再回想，记忆已如海洋般

寻找中，迷失在航行抑或是飞翔里

我已潜入海底太久

结伴的鱼群都已累了，风也累了

海面已如镜面般平静

我想游上去呼吸一口新鲜的空气

只是一抬头，就被往事按下

踩上那些美好的又温柔的垫脚石

总觉得还不够高，又呛了好几口水

谎言淹没了我，信任已薄如蝉翼

我的卑微，没能救赎海底的灵魂

想离开这片海，却不再拥有航行的力量

（五）生命不过是一撮黄土和几朵菊花

上帝把生命换成了成熟的，又稚嫩的

早走晚走，不过一撮黄土和几朵菊花

眼神已无须流露抑或聚集

地铁在黄昏的注视下滑过

晚霞也跟着躲进了楼里

那一排美丽的光晕和期望，如时光消逝了

地平线分割了黄昏遗落的一些美丽，和大地

车厢间的玻璃门，也成了一道河

人们与我擦肩，我也不再期望，即使碰到些什么

迷失的人，再见面

想开口说什么，也不必说了

窗外有一只鸟儿在叫唤

突然有微风拂起

安慰了车厢里迷失的人们

时光为我签名（组诗）

（一）雨水汇成了河流

雨水汇聚成了河流

从车窗左上，走走停停

到右下，再飞逝不见

偶尔仰望着

眼睛，似汪洋

每一场都下成了一样

已厌倦，又无法遗忘

河流里，河流里

雨与眼泪

始终没能面对

我们下雨的地方

（二）完美城市

楼与楼

已如一场戏

我离开森林

又进入另外一片

群山共同越过了水面

横躺在地平线

感受城市的每个角度

太阳在镜面上反射了的

如北极雪原

我已和蹒跚学步的婴儿般

迷失在此，完美城市

（三）工厂续集主人篇

零件装好人工智能算法

四号线，如流水线般

让零件自己前往每一个装配车间

我以为，停电、刮风、下雨

会停止生产

抑或，像小时候那样

趁机整理一下工具

已无法确认，我是否是其中一员

只有当前后都贴满了女人

抑或是男人的时候

才发现那些靓女靓仔此刻

已静止在，规整的位置

前后左右，已不由　选择

可以理解

唯一没有弄明白

这个工厂的主人是谁？

（四）黄昏如幕布般

汽车静止在天空下

黄昏幕布般

沿着青墨色蠕动

我把眼睛放到白云里

沉醉，沉醉般

撑起一把伞

让阳光钻入缝隙打下来

有时，心灵尚有一块遗失

我握紧此刻，斑斓

（五）时光为我签名

波浪，如波浪

我沿着风起而起

把野草都梳成一个方向

扬起，心扬起

你遗落一串头发滑过手旁

山间半，散落半打时光

时光呵，时光

你签一个名在我的衣裳

流浪歌

雪峰山有人在守望
少年面目已沧桑
心儿随着白云在流浪
蒹葭苍苍，白露为霜
心爱的人啊
昨天还在我心里歌唱
车马迢迢，大道茫茫
今天就走散了去远方
为何失去才知成长
碎银几两，世事慌张
心儿随着白云在流浪
在流浪
灵魂的河，写满惆怅
即将流浪，即将远航
从此：
戈壁黄沙，仗剑天涯
高山雪影，牧马放羊

丽湖浅底，鱼跃鹰翔

心儿随着白云去流浪

心爱的人下辈子遇到

再不要撒谎

流浪，远航，理想

雪峰山穿过树林的阳光

守望

云　越

乌云越绿赶穹苍
雨打碎谷窗前忙
最是春风难伺候
青山又过水中央

囚　绿

窗下遗放了一只玻璃瓶

是往日的，现又被遗放在往日

瓶子还活着、活着

绿剩下一片，如记忆

也剩下一点，模糊

说明往日没有离得太远

那些葱郁的人们

如春天飞逝而飞逝了

终于我们与瓶、与叶

与寂静、与陈旧，融为了一体

时光呵，时光啊

打磨这个生命

也打磨了我

我已如草根一般

把根须盘在根须之上

沿着玻璃的形状缠绕

曾经幻想着拥抱太阳

终归，将被太阳拥抱
阳光已成了上天的恩赐
窗外枝叶舒展
偶尔从瓶口留下的雨水
滋养着这棵草，还有那些
慢慢干枯的回忆
绿想长出来，却被遗忘了
囚在瓶里

惊 梦

云扰此间意，酒惹身上衣，昨日有诗人不语，今朝梦醒岁已期。廊桥雪，走沙堤，何事思量负相离，小夜潇潇，归路迷迷。

楼林窗映立，斜晖鸣玉笛、他日晴空都如此，几波野草争高低。君飞怨，风浪里，岂是少年定王畿。端阳醉饮，细雨栖栖。

梅花引·端午半阙

祭楚粽，焚文冢，孤旅凌云立玉丛。站风中，斗苍穹，乾坤瘦却，春去又匆匆。雪峰野草渐霜冻，青松叠影雾重重。倚天颂，论英雄。剑斩血泪，醉酒辨西东。

灯光如潮水般消逝

我沉睡在地铁上

灯光如潮水般消逝

人影不留声息，与每位擦肩

再多相遇都已，不重要

就如此般在冰雪中麻木

消逝，只留下一条白炽灯

贯穿了，诸君外借了抑或已售的头颅

或黑，或白，亦是秃了

留下的孤野随列车启动而启动

停止而停止

轨道外看着从这到那

像是前行了太远，太远？

脚步却没有移动在车厢一步

以至于一朵乌云飘来

都不信老天会下雨

或是，天晴还是什么天气已与我们无关

我相信，还有和我长在流水田坎上的野草

飘摇着，偶尔也，卧看那些列车们
我们与它如零件版嵌合
又逃不过，搭乘，抑或融入
在成长又要把根扎入钢筋混凝土中
城市已死气沉沉
青春，只留在家乡的田野上
野草君，记忆里的

谁的母亲用眼泪灌溉了庄稼（组诗）

（一）野草与明天相差一种生命

我发现我已无法想象

我与我的残骸，相差了一种生命

风、沙、雷、雨终于侵入了

那血肉模糊的心室

其实，当子弹打入头颅

也不需在乎

星光已如幕布般，只是修饰

我无须证明野草的存在

焚烧成灰烬，化作天空那一缕烟

抑或是流水一般

淌漾了，就流入大海

和每滴水一起涌动、呼吸、沉睡

（二）霓虹里沉睡了一些人

驾驶在城市里的迷雾中
我从未如此清醒
那些引以为傲的高楼大厦
把我们困在　迷雾里太久
那些被挡住的阳光、雨露、春风
和那些还未埋葬
却已深眠地下劳碌的人们
这一场大雾，才看清楚自己

（三）长江不嫌细流

每当烛光熄灭，我常提醒自己
不要被那些话语、行为伤害
每个人都有自己的经历，如树
生在寒冬就长出针叶
生在雨林就不断争高
那些被他们养育或是杀死的植物
只有上帝知道
所以，我们给别人或别人给我们的
是伤害是善意，无须那么清楚

不管是亚马逊还是西伯利亚

抑或是哪座高原、戈壁、湖泊

活着，就努力汲取每一滴雨露

每一缕阳光、每一场相遇

如有幸，生在黑土地里，大棚内

亦要珍惜

天地间，哪一场镰刀不是从

打破沉睡的收割开始

不如把根扎入大地深处

长成一棵大树，汇聚一条大河

动物吃掉些，农地放走些

还是被灌入污水，打入一些钢筋

也无所谓

长江不嫌细流

勇者不惧天空

（四）非标设计

在龙华到福田间架上一条导轨

把城市车间沿途的酒店、工厂、商城连在一起

上面跑满红色运输盒

挤满　各式各样的零件

跟着继电器的脉冲

掌握起城市的节奏

做一名高级非标工程师

用人工智能的算法让每个零件

自愿走到每个需要它的装配间

那些遗弃的、残缺的，或是老去的

再建一条高速运料轨道，消失

（五）野草识花

庄稼已不重要

田野将如荒漠般，狂野

以至于这颗一直被踩在脚下的野草

遇到了最后那波油菜花

被遗忘在春夏秋冬

今年再没有来那些拍照的旅客

如没有带在头顶上闪耀

再漂亮的、高雅的，抑或是纷香的

都随机摆上了餐桌

塘湾对面的山上有车辆驶过

我曾有双清澈的眼睛

装满雨雾、枯草和山川

山川在眼里流过，冲击了

那面色焦黄又青草如茵的

平原记忆，如梦之、梦之

塘湾对面升起高山

有炊烟，和天空的幕布一起

和丛林一起牵住牛圈

如看话剧，对面的村庄有汽车驶过

揉揉眼，青色融入篮里

记春雨燕北归

卧舟推江天地开

残阳行雁穿云来

最是春雨拦不住

余容落满盖尘埃

接　受

紫荆花树划过地铁的车窗
花瓣落在了时间后面
思念的人已经错过了冬、春、夏
秋天是否可以相见
我想，和落叶共枕的几率
都比相遇高些
我与大地
接受了秋天的冷漠容颜

佛曰

夜月驳船中

孤舟水朦胧

是非随云散

真相自不同

折 柳

佛手桃花落
折柳自流连
故人知安否
且别看人间

清明忆左文襄公

资江峡口小淹头
数里春风灌塔楼
柳岸新芽破旧日
芙蓉小院守湘愁
西域报国曾万死
沙湾当年林塘幽
记取湘阴泊船处
布衣孤枕落白鸥

在春风里，不绽放

背着厚厚的行囊

攀登在云野、田谷、溪流上

城市如幻境般阻碍在半截旁

钢筋和树根一起纠缠在黑暗的方向

脱下厚厚的行囊

在半山腰对着阳光瞭望

云彩飘落在地平线里遗失的梦想

脱下厚厚的行囊

在城市的每个角落流浪

在马路上尽情地歌唱

即使没有穿上最漂亮的衣裳

脱下厚厚的行囊

去天空最蓝的蓝里翱翔

把花期遗忘。告诉自己

在春风里，不绽放

灵魂的河不宽不窄（组诗）

（一）华创路上有我的一些朋友

华创路上有我一些朋友

灯杆、大树、门闸、隔离网，还有一些未知的

施工，它们的人生偶尔变化

不管倾斜下来还是铺垫在泥土上

我们还是朋友

被同一片雨水拍打抑或被同一片阳光照耀

我们和在车窗上雨滴下的节奏一样

心跳也把头压在冰凉上颤抖身躯

就这样摆弄在这里、寂静

（二）我的音乐里开满了鲜花

邀请了你来参加我的派对

偶遇春风邀请，新朋友和老朋友一起舞动

斜坡种满的鲜花，温柔地向我们招手

我没有回应它

明天我将再去看看它，把它记录下来

在这里响起那首最爱的音乐

和，即将凋零的心跳

现在，鲜花和心跳交响了

（三）星海

星海

漫天星辰中的一颗

蔚蓝到橙黄、橙黄到黑夜

雪峰山是一颗罗盘

只有世界围绕着它转动

祈祷就会一直在

太阳落山，牵引了世界

（四）我把世界打碎在码头旁

人类看到世界总是局限、局限的

如酒瓶打碎在码头旁

瘫睡在了月亮下

实际上你把它丢进大海

它就睡在月亮里

桀骜呀

是青春的墓碑

却写下人唯一存在的生命

（五）黄昏暮在床尾

黄昏暮在船尾

我卧在船头

晨昏覆在船头

我卧在船尾

驾着风帆驶入在昼夜两个半圆里

苍鹰和群星都飞舞在头上

做一颗星　就会出现在每个晚上

做一只鹰　就能飞去每个地方

迷雾、迷雾、迷雾

升起在大海上

鹰和星、我和你，都将不见

如果要真刀真枪的把我杀死

不如先把我的头用一块布蒙住

我不想看见

这样，心目中任何一个人都不会成为坏人

（六）灵魂的河，不宽不窄

爱就像中了丘比特之箭却被折断了箭头

因为忙着去往医院急救

把爱留给忧郁灵魂照料

灵魂，灵魂隔在两道铁门中间

痴男怨女们关在两头

只有足够努力伸出手

把脸贴近缝隙

才能触摸到指尖，汲取爱情的力量

可只有握住，才是婚姻

愿我们灵魂的河呀

不宽不窄

正好足够握到

（七）船只依旧行驶在大海上

我的身影，大概和棕榈叶一起

只存在记忆这幅图案里

梦如摔跤般扑倒、扑倒

最后的离别如相互两个耳光

和、决裂

直到陨灭

疯狂的后果

能承受的只有神和疯狂本身

逃避抑或面对

都是最好的结局

船只依旧行驶在大海上

（八）罪状

请求天地，允许我放过自己

不是一个让别人失望的人

所以总把失望留给自己

如果我没有期待

或是那份满足别人的善良

那么这个世界变得冰凉

也会有我的罪状

如果一首诗歌能到达你的耳旁

——闻同学自杀之震惊悲痛

如果有一首诗歌能到达你的耳旁

如果路上的紫荆花碎了、枯了，落了

留下些气息，请昨天的风、今天的风、明天的风一起送入天堂

也许这世界不是一个需要完美的地方

如大海映着天空、深蓝把浅蓝拥抱

只有如鸟儿飞在蓝里

在蓝色的世界里才没有忧伤

没有忧伤，或许我们的同学情谊还会在记忆里回响

这世界呀，追求完美的人都一样

哲学家、音乐家、数学家还有自由家，都一样

我们如一棵松站在山巅仰望

我们的根我的叶我的树茎已如厚重而嵌入大山的石块

我们仰望你

勇敢在蓝里自由地飞翔

如果一首诗能再到达你的耳旁

记得我撒下的这杯酒，和酒香

雪花是一场决裂

雪花比想象中大多了

站在里边，像场神圣的祈祷

双手合十，顶礼上天这份旨意

我道歉、我感激、我祝愿

我如雪花般飘在家乡

又融化在异乡的　旧梦里

如果这是一场已经到来的决裂

那我要感谢它的轻盈

落在溪流、路面、土地

都只悄悄化作水

一些被土壤吸收

然后，又向低处流去

有的落在桥面、屋顶或是花草上

堆积下来也不需着急

那就等太阳出来了

再融化

追春·过炎陵

春风惹云野

雨漫青山斜

梓里炊烟灭

游子谢花约

好了歌注——过岭南

雪峰云藏，昨日落冰霜

孤影寒塘，为谁染青绛

尘埃儿覆满深广？风雪今又泼满南岭上

再别言花正好、江水长、撕了旧纸贴新榜

当年雪山峡谷歌舞场，今宵他乡猪狗作鸳鸯

青云上，青云上，温泉池里摄天狼

莫恨他人今离去，人各有志不思量

凤求凰，保不定哪日各一方

迎风浪，笙歌妄流落在遥相望

山重把花葬，崖中无来往，昨怜教无知，今嫌君意长。

山苍苍我方唱罢你登场，空插斜柳点红妆

负三湘，到头来都是为他人做衣裳

我似一只鸟跳跃在每根树梢

时常把脸贴在地铁的车窗
把心掏出来贴近冬日的暖阳
我只是一只南飞的候鸟
穿梭在钢筋水泥，坠落在酒醉的天堂

我要做一只永远不会北飞的鸟
跳跃在城市的每一个树梢
穿梭在每一辆车，每一场夜，每一双眼
穿梭在绿色的雪上，粉色的紫金花

驾驶一辆行驶在北回归线的雪橇
载满春归的眼泪和微笑
我要做一只永远不会北飞的鸟
跳跃在每根树梢，操劳

我也曾想做一棵野草
长在每个角落，每场聚会，每根树梢

跟着城市的风向摇摆，飘摇
一动不动，感受所有的幽筱

我要做一只永远不会北飞的鸟
站在每根树梢，化作每根野草
城市的每次跳动都会不再
飞鸟，微笑

当我的心跳动得越来越锐利

站在地铁上，四周都挤满了人
前后是一片汪洋，狂风推挤着我航行在这片大海里
连闭眼的权利也没有，海水灌溉了我们
大浪将我拍醒，在船腹部打入一根钢钉

回望来时的航道，我们的家已被海啸淹没
我们相互眺望，瞳孔成了你眼里的孤岛
风帆被天空泼下的酸雨腐蚀，砸落
一条旗鱼跃起，把喙插入了和钢钉同样的位置

把手放在心间，告诉自己不要惧怕在黑夜里飘荡
飘荡，不能依靠，不能躺下，就飘荡
我再没有一扇风帆驶向你的眼
而我们的家，也回不去

曾在这偶遇大海的一阵风，一张网，一条鱼
做一棵漂浮的野草，长在漂浮的甲板

在我前往远方的航道上，等你跳上来
逆着风，甲板成了船，船只成了一片岛

现在我已经成为这大洋里
再也不能动的一块石，一滴泪，一棵枯松
钢钉插入的地方燃油犹血液般涌出，下了船，坠入了海
我的世界漂在海面，如风暴来临前那般死寂

这些天，我路过一些曾经驻足的路口

我路过一些曾经驻足的路口

没有背起行囊

或行驶在记忆里

或就站在这，把大海放入双眼

再流入记忆里的江、河、湖、海

把我淹没、沉底、埋葬

如果今天是一场葬礼、婚礼

或如果只是一场离别

有人欢送，有人相迎

等待的车辆排成了一列

车鸣与尾灯成了这场婚礼

最响亮的鞭炮、最火红的焰火

我走过光明的红丝带

虹桥下的芦苇荡上

一只水鸟跟着另一只，掠过

水面把天空划成了两道

一道呀，蜿蜒缠绕爬上山顶

另一道，只有路过桥面的有缘人才能看到

水面泛起的微波

是笑起的梨涡、醉酒的姑娘、少年的惆怅

只有高铁划过寂静的天空

两个世界才从昨日的牵手中共振

若是不起风、不下雨、不唤起几声回忆

共振也就，就沉默在大山深处

我们的世界已如水库般沉寂

有的人下船，有的人上船

直到河水干涸，两个时光碰在一起

船已如枯木一般搁浅

雪和大地的流水一起消逝

一大早，父亲、母亲都给我发来消息——家乡下雪了

轻轻地听，雪落在桃树、梨树、四季桂上

落在红色琉璃瓦，落在窗台前

少年的双眼印在透明的玻璃上询问

随风卷起的雪呀，你可否

可否能穿越那片大山的森林

那里有期望我的人长眠

可，大部分雪只是随着堆积厚重起来

粉身碎骨的摔落下来

和我们一起融化

流向柳溪、资江、扬子、大海

那里有我期望的人、怀握的想念

因为怀握冰凉的东西，深圳的被窝也凉了些

赶忙攥紧被窝，闭上双眼

幻想深圳也要下一场雪

或是深圳已经，在我心中下过了一场雪

这场雪下得不急，安静、自然

我就在被窝里作起诗来

大海、雪山、流水

在梦里描绘昨日的景象

把我送到西伯利亚的草原

就这样，直到被窝的温度逐渐消失

游遍了整片大海、高原、深渊

我也没找到怀握的人

被窝的一丝缝，把温暖泄漏

直到，直到永远不见

和我们期盼的世界、握紧的被窝、热情的相拥一起

我们既然在这蓝色星球上

那便也拥有四季

在美丽的春天欢笑、约会、试探

在最火热的时候，我们贴合、炙热

一样的温度、一样的世界、一样的想象

可现在，冬天到来

我们越来越冰冷

就算相隔最近的时候也相差十度

炙热如气球泄漏

我该如何拥抱你，把最后的余热给你

拥抱至紧，让你坚信

坚信春天就快来了

可现在我们就这样

就这样连微弱的信号都没有

蜡梅、月季、玫瑰、芙蓉

选择在不同的季节绽放

可谁，又逃得过四季的轮回

轻盈、善良、洁白的雪

随着家乡的风、家乡的雨、家乡的四季

漂泊、流转、落下、融化

已像流水一样，陪伴在大地左右

机场是大地的一部分（组诗）

（一）机场是大地的一部分

出差久了

机场就成了陪伴我最多的地方

其实我喜欢人多的地方

我主动触摸超市、菜场、医院

记住群众的手、群众的笑、群众的哀默

思绪和广场舞的节奏一起，跳动

常提醒自己来自哪里

在 5A 写字楼里洗涤，洗涤迷失的双眼

只有那双天真的眼睛啊

才看到大地是和天空平行的

那机场也是和天空平行的

它的优雅高级

是大地的一部分

我们共同拥有的大地上

有人行色匆匆

有人欢声搭语

而我，大部分时间是沉默的

常常与行李箱融在一起

生命与轴承贴合

跟着它一圈又一圈燃烧

可大理石瓷砖犹如镜面一样

没有留下一丝痕迹

（二）每一冲电流都穿过稻禾

小时候，总盼着有些光才好

可塘湾的夜，总停电

或是说这么多年里我的印象已经只剩下蜡烛

烛光前奶奶要缝补衣服

可针头太小，总穿不好线

那双皲裂黝黑的手呀

被黑色的线条分割成一块一块

像在黄土高坡看到过的沟壑

那般的干燥、沉寂

和大山的土地一样

这不是唯一要穿越的地方

一根悬在空中的电线

穿过一根根电杆

捋不直，跳跃在田野的每一个阶梯

电杆间似弓箭般弯到了稻田

就这样，屋里的每一冲电流

都路过了稻禾

（三）机场出口有一束花在等待

站在机场候机，世界定格在机楼的玻璃窗里

拖着行李箱的我们精神疲惫

也不管窗外传来什么样的风景

有时候我就想，这个世界呀

到底是我们变化得太快

还是它变化太快了

独行，还是结伴。我们

总在适应一场变化，可还没结果

就踏上了下一趟航班

我只能闭目在我所看到的地方

起飞转弯，我感受到每一次的变化

身体悄悄地前倾后仰、左右摇摆

任云朵穿过我们身旁

像人生在不断地穿越

起飞降落，命运偶尔也

也悄悄地拨弄我的身体

到足够沉默地走出机场

看到出口有人拿着鲜花等待

羡慕他们的热忱善良温暖

想到了自己

我也曾是那样的人，可我总等不到自己

只有爷爷在等待

他总盼望着坐一次飞机

去看看远在上海的孙女

枫树记下他的愿望

又悄悄地告诉了我，夹存在书里

可直到我走出了最铿锵有力的几步

也再没有打开那本书

我的爷爷啊

你一定没想到你孙子有一天

竟然会被飞机禁锢

禁锢的人生

也被要求扣紧安全带调直了座椅靠背

用最不舒服的姿势奔跑在世界里

拥有了飞机的翅膀，还是没见到他最后一面

也没等到接机的人

所以最后

哪个机场有人等待

我就前往哪座城市

以致，我成了每座城市的过客

（四）城市里有一根扁担

一趟半夜到达的动车上

眼神飘离在窗外的夜和昨日

昨日我曾拥有很多

或是我也缺少很多

所以我就想，明天会不会更好

像哲学家绕着头

又像真理在触摸我

车厢的寂静有些严肃了

地平线满葬在白日与黑夜的边缘

大地与天空触碰

触碰，与天空接触的机会越多

人们越有些慌张

像这样脚踏实地的出发

在世界里，显得不自在

只有前排的大姐

触摸每一个世界、每一片星空

每一场离别、每一场等待

不经意写下些句子

影响那些长在田野里的草

墙角的花、窗台上的仙人掌

它们会照顾下一根，野草